KB275330

문턱

문턱

복선숙 시집

개미

2025년 대한민국장애인창작집필 선정 작품으로 김운용 『고백』, 복선숙 『문턱』, 한동심 『일기』가 선정되었습니다. 또, 학술로는 황의동 교수님의 『조선의 직사(直士), 사암(思庵) 박순(朴淳)』의 평전이 선정되었습니다.

그동안 장애·비장애 문화예술이 대전을 구심점으로 전국을 조망하는 작업이 없음에도 불구하고 대전광역시·대전문화재단·전문예술단체 〈장애인인식개선오늘〉의 노력이 많은 성과를 냈습니다. 중증장애인 문인 135명 선정, 93종 93,000권 발행을 하게 되었습니다. 이것은 단순히 수량과 수치가 아닌 대전광역시, (재)대전문화재단과 〈장애인인식개선오늘〉의 희생과 노고에 의해 지속성 담보라는 거대한 담론을 완성한 것입니다.

또, 시인들의 시를 50종 이상을 다양한 장르의 곡으로 작곡하였습니다. 그에 따른 성과로 대한민국 장애인문화예술 대상에서 전체 부문 최우수상 국무총리 표창 2회,

문학 부문 대상 문화체육관광부 장관 표창 2회, 공로 육성 부문의 헌법재판소장 표창 등의 정부표창의 해당 부처의 공적 검증도 이루어졌습니다. 그동안 세종도서 문학나눔 우수도서, 중소출판 제작지원 선정, 우수 출판콘텐츠 등에도 주기적으로 선정되었습니다. 이는 단체 운영의 지속가능성을 보여주는 대표적 성과입니다.

이러한 노력이 장애인 창작지원, 출판, 공연, 음원 제작, 전국 확산 정책에 이르기까지의 여정으로 지역 문화 발전에 기여하고 장애인 인식개선 확산에 포용적 문화 기반의 효능감이 확산하기를 바랍니다.

2025년 12월
전문예술단체 〈장애인인식개선오늘〉
대표 **박재홍**

　　멀리서 들리는 봄의 발자국 소리처럼 내 안에 시의 발
자국 소리가 들립니다. 햇살 몽글거리는 따사로운 햇볕
처럼 시는 저에게 다가섰습니다. 선정 소식에 감사하고
더욱 열심히 하겠습니다.

2025년 12월
복선숙

문턱

차례

제3부

제1부

제1부

봄의 왈츠

멀리서 들리는 3월의 발자국
지난겨울의 일은
추억이 되었지요

잃어버린 첫사랑을 떠올리게 하는
유년의 기억

가끔 꿈속에서
햇살 몽글거리는 따사로운
한날 당신과 함께한
춤곡에 맞추어
왈츠를 추고는 해

흑백사진

마주한 학교 졸업 앨범
흑백사진 속에
희미한 미소조차
무채색이네

울긋불긋 물든 밤나무
타며 하늘에 핀
맨드라미꽃을 따다
주고 싶었지

아득한 하모니카 소리에
코스모스 바람에 실려
몸짓으로 화답하는데

이렇게 희미한 사진
한 장이 다네

할미꽃

열일곱이면 꽃다운 나이라고 하지
따듯한 봄의 체온처럼
꽃가마 타고 시집왔겠지

사랑이면 인생의 행복이 다인 것 같아도
살다 보면 만만찮은 시집살이에
매일 돌아누워 어머니를 그리워하고

젖은 베갯잇에 원수 같던 남편이
불현듯 떠나고
사별 이후 십 남매를 견디며
지켜왔는데

장성하여 이제 좀 사나 했지만 그것은
순산일 뿐 환갑 때 알았다네

큰손녀 딸이 뇌성마비를 앓고 있다는 사실에
억장이 무너지고 견디다 떠나간 며느리 대신

시인을 만들었는데

이제야 깊은 마음이 매만져지는데
봄비 촉촉이 내리는 날
가시는데 목메어 말도 못 했는데
봉분에 맺힌 할미꽃을 향해
돌아서며 했던 말이 떠올라

열일곱이면 꽃다운 나이라고 하지

카톡 음을 향한 마음

카톡하는 알림음이
들리면

울리면
우리는 묵념

안 울리면
섭섭한 마음

망설이다 울리면
부담되는 마음

씹히면 복잡
미묘한 마음

사람의 마음이 기묘해

초콜릿 과자

새콤한 봄을 닮아서 유년의
초콜릿 과자 맛이 나는 게
감각적인 설렘 같기도 해

휑한 하루를 만나는 때는
그 맛이 생각나

아날로그 같은 그리움에
말 못해 담아 숙성된
언어들이 입안을 헛돌고

구름 뒤에 숨은 하늘빛처럼
봄비처럼 내려앉아
망각으로 흐르고 있네

자화상

짤막한 팔과 다리
일그러진 얼굴
거울 속에 비친
내 모습

남들이 나를 향해
장애인이라고 할 때
그럼 넌 뭐니

외계인?

오이

뭐든 한입이지

시원한 에어컨 바람처럼
가끔 가고 싶은
에메랄드 바다의
향도 섞여서

푸른 하늘을 올려보지 않아도 돼

유년의 뒤엉킨
기억 속에도

물이 가득 차오른
갈증 난 날 수만큼
오이는 있었다

수채화

옆집 기타 소리에
노을 진 바닷가에
춤추는 파도를
떠올려

자꾸 따라 나선
발자국들이
거품 샤워를 하는데

장미향이 나는 것 같아
수평선이 눈을
감을 때

별들이 다소곳하게
다가서고
화폭에 담긴 우리는
투명해지지

여름비 1

아침부터 저녁까지
식을 줄 모르는
여름 땡볕

소낙비처럼 내리던
비가 굵어지는데
들던 빛을
지우지 못했나
봐

도시가 수채화 빛이야

나뭇가지에 맺힌
꽃송이도
물길에 떠나가는데
고양이도
같이 가나 봐

나도 같이 갈까 해

여름비 2

풀잎이 싱그럽다는 생각을 해

비에 젖어
맺힌 물방울이 길섶에
알알이 보석처럼
맺혀 있는 것이

목 선이 아름다운 너에게
거미줄에 걸려 있는
나의 생이
전해줄 수 없는
목걸이로 증발하는
계절

얼음

투명한 것은 얼음이
아니야

깨끗한 것은 눈물이
아니야

작은 사랑이 결코
아름답지 않아

이와 같은 모든 결격
사유를
견디어야 투명해
질 수 있어

야옹이

높은 빌딩 숲
서늘한 찬 공기가 역습하는 곳
이곳이 나의 생존 터

오늘도
숨이 턱에 차오를 때까지
도망치고 또 도망쳤다
보이는 건 빌딩 숲과
텃세 부리는 깡패
고양이들뿐

한 발짝 건너서 있는데

여기로 가면 죽음의 길
저기로 가면 낯선 시선이
나를 옥죄어 오는 곳

겨울 매서운 바람 살을 도려내고

짙은 어둠이 공명하는 골목길
쓰레기통을 뒤지는데
썩은 고등어 대가리라도 나온다면
좋을 법 한데

한 발짝 건너서서 바라보며

오늘 나는 사람인가
반려묘인가
되묻는다

빨간 소시지

노란 달걀옷을 입혀야 해
차려입은 빨간 소시지
검은 프라이팬 위에
살포시 누워
이리저리 뒤척이다가
한입 속 들어서는
유년의 간절하던 식탐

그리움인가?

봄비는 눈물입니다

내리는 것들은 비뿐이 아니야
그래서 눈물을 닮았어
질감이 동일해 새싹은
나무의 발치에서 자라고
제 몸을 발화시켜
꽃을 틔우지

봄비는 꼭 사랑은 아냐 자기 등에
짐 지워진 무게를 견딘다는 것은
꼭 그분을 닮아 가는 것
새로워지고 싶은
기도는 더더욱 아니야

그들이 갖고 있던 작은 기도가
돋아나 무성해지는 것은
부활은 더더욱 아니야

스스로 발화된 간절함일 뿐이야

복숭아

볼을 닮아 톡 건드리고 싶어
씻긴 볼을 베어 물고
그날로 돌아가고 싶어

교정에 잠들어 있던
유년을 깨우고
유독 개복숭아 많았던
그곳에서

호기심에 익은 과실 하나
따서 깨물고는 했지

산다는 것은 시큼 떨떠름
하다는 사실을 처음 알았지
친구의 얼굴에 그려지는
일그러진 표정

배배 꼬이는 듯한 몸짓에

하르르 웃기도 했지

복숭아가 복숭아를 먹는다며
남자애가 놀리던 그때부터
한동안 내 별명은
복숭아

제2부

바나나우유

항아리 몸매 노란 은행잎 살색의
바나나우유

살짝 마시는 가을
소문난 울보였던 나는
동네를 온종일
징징거리며 다녔지

그럴 때마다
아버지 손에는
빨대 꽂힌
바나나우유가
있었지

지리산 석청보다
깊은맛을 내는
그날이 오면
아버지가 없어

편의점에 들러
바나나우유
하나를 산다

문턱

내 집에 내가 들어가는데
문턱은 백두산 중턱이다

가끔 히말라야산맥보다
높아 숨이 막히는
장애보다 사람들의
거부감

불편함 앞에서 턱없이
낮은 이웃이 있고
연대는 다윗이
골리앗을 견뎌내는
공동체가 있으면
좋겠다는
생각이 들었다

무지개

비가 그쳐야 볼 수 있는 것은 아니야
산과 산을 잇는 기다림의 다리

선물처럼 떠 있는 날이면
간혹 선물처럼 설레고는 해

왜 개들이 죽으면 무지개다리를
건넜다고 할까.

목련

3월인가 하다가 만난 하얀 구름 꽃

아릿한 것이 짧은 삶의 노정을
함께 공존하는 꽃

몽환적이어서 나는 목련화
부르지

장미

몸이 불편해 담장을 타고
너를 향해 가고 있어

생각만 해도 가슴에
뜨거운 불길이 일고

목요일이면 너의 창을 향해
바람의 힘을 빌려
두드릴 거야

목사님

우리 목사님 왼쪽 다리는
낭만의 길로 향하는
발을 가졌지

걷는 걸음이 인상적이지만
온 동네에 가득한
보이지 않는
믿음의 발자국을
남겼지

오라고 하는 이 없지만
찾아가는 마음이야
위로가 되고 싶으시겠지

지친 장애를 앓는
왼쪽 발이지만
천태산 은행나무
더욱 깊은

믿음의 뿌리를 가졌지

메아리

온산에 봄이 머물고 있어
나뭇가지마다 아기 꽃들이
반갑게 맞이하는데

중턱쯤이었을 거야
힘들어 불러세워도
대답이 없었지

도돌이표가 되어 돌아선
나는 울먹이며
잦아지고 있었네

초상화

내가 그린 그림에는
도로 위에 부릉거리는
자동차가 멈춰 서 있고

원근을 잃은 건물은
자동차 위에
위태롭게 서있네

매연은 기본인 도시
삭막함은
병든 나무에 세든
벌레처럼

서로의 상처를 갉아먹는
사랑하는 사람도 있다

복호숙

하얀 눈꽃들이 공들여
지운 세상에

느닷없이 엄마의 손에
이끌려 별 관심 없이 너는
구석에 누워 있었대

물끄러미 그러는 너를
나는 매일매일
쳐다보는데

그러는 나에게 엄마가
너를 잡아먹는다는 말에

'엄마 내 동생이야 잡아 먹지 마'

그렇게 생긴 너의 이름은 복호숙
둥글넓적한 얼굴로

내 곁에 온 소중한

호박같이

둥근 애

복지사

씩씩한 오리걸음 온종일 분주하게 뛰어다니는 복지사

마음 아파하는 우리 동네 사람들을 찾아서
한 사람 한 사람 찾아드는 겨울
동네가 따뜻한 봄날로 바뀌는
참 이상한 상황을 만들었지

내가 잘못했을 때 호랑이 선생님처럼 무섭게 혼내거나
내가 아플 때 엄마처럼 따사로운 손길로 나를 돌봐 주
는

이름을 부르고 싶은데 직업이
복지사라네

거위의 바램

넓적한 주둥이
뒤뚱거리는
몸무게
쓸데없이
긴 날개
큰소리로
우는데
마음이
아프다

눈은 젖어
하늘을
향해 간절하게
우는데 꼭꼭
숨은

친구를 찾아
가시덤불

장미꽃
가득한
풀섶을
헤매고
있다

강아지풀

몽글거리는 꼬리를 흔들며
살랑대듯 불어오는
봄바람 향해 킁킁

귀여운 리듬감으로
나도 모르게 내 뒤를
졸졸거리며
따라오는데

나도 모르게
오요요
하고 있었다

입

지금 마음의 깊은 곳
시커먼 굴뚝에서

유독가스가 배출된
느낌은
뭐지

한 사람을 향한 결이
상처가 나게 한
말 한마디

가을풍경

정물화에 담긴
채송화처럼 엷다

장식처럼 꾸며진 언어들이 가득한
편지 한 통을 보낸다

흔들거리는 그네처럼
마음의 결이 일어서고

이 계절 붉고 깊은
노랗게 바랜
이야기들이 숨을 죽이고
있다

비

때아닌 4월의 비

푸른 빛이 감도는
기도 속
청년의 꿈이
망가졌다

가야금 한 대목의
선율 같은
빗소리

제3부

겨울 바다

가슴에 품은 사람
날 설레게 하는
클래식 음악 같아

누군지는 몰라도 해 질 녘
어스름처럼 사라지는데
통점이 운다

애달픈 파도 위로
눈발이 날리고
그사이에서
만났지

샛별 오는 길에
나는

별을 세다가 멈추고
청포도 사탕 같은

달콤함이 빛으로
행복해질 수 있을까

되물었지만 시간은
노을빛으로 가고
입맞춤처럼 달콤해

눈 오는 날이면
파도 위를 뛰어놀지

붉게 타들어 가는 마음은
수평선 눈을 감고 들려주지
못한 단어를 삼키자
홀연
달이 돋아나네

흰 꽃

겨울이면 곳곳에 피는 꽃
옷을 지을 수 있을까

믿음만큼 공중의 대를
향해 가는 날

흰 눈송이를 켜서 세마포로 지은
그 옷 입고 싶은데

겨울이면 곳곳에 피는 꽃
옷 한 벌 지을 수 있을까

겨울비

차가운 바람 불어
보슬보슬
비가 내리네

비는 수정처럼 맑고
투명해

눈물은 얼마나 흘려야
사랑이 될 수 있을까

고독사

그러지 말자
혼자
견디지 말고
연대하여
죽음을
맞자

틔운 생명의 꽃
지는 순간도
인간답게
기도처럼
맞이하자

고양이 사랑

야옹
야옹

야옹아

그 사람

너
같아서

약만
올리고

나는
놀라
멍하니
활동지원사
올 때까지

기다리고
있다

귀뚜라미와 시인

달빛이 은은하다는 생각이 들어
귀뚤귀뚤 귀뚜라미 한 마리
시를 읽어주는데

누구의 생이 건너가는지
그 길이 정신이 없고

시인은 귀뚜라미가 읽어주는
시에 깊어져 가는 가을밤을
따라 흘러가고

꽃비

살며시 불어오는 하늬바람을
살짝 밀어내고

꽃비 내리는 벚꽃 길이면
너라면 어떻겠어

꽃이 지네

아무런 예고도 없이
봄꽃이 지네

봄 햇살로 가득 차 있던
핑크빛 감도는
사랑이 지네

멀리서 나를 부르는
너의 목소리는
아득하게 멀고

화사한
얼굴
꽃잎에 묻힌 살점
하나 붉게
지네

시인의 마당에 지는 꽃

시인의 마당에 봄이 들면
바람이 일으켜 세우는
꽃잎 하나

이루지 못한 꿈이 묻어서
햇살 따뜻하게 헤실거리는
할머니 품 같아서

닿을 수 없는 어린시절
기억의 잔해들이 쌓여서
봄꽃이 지면

시간은 흘러
시인의 마당에는
계절이 들어서는데

듬성듬성하며 시구들이
자라고 있었지

나의 왼손

기도하는 손은
왼손

들리는 음성에
유일하게

바람에 이끌려
내어줄 수 있는
왼손

눈사람

별도 달도 떠나간 공간에 살고 있는데
텅 빈 허공에 내리는 떡살 가루
실연하고서 가물거리는 기억을 더듬어
둥글게 굴리고 뭉쳐서 겨우
눈 코 입 만들어 주고
돌아섰네

달개비꽃

달빛은 왜 은은할까 물으며
갈바람 위로 슬며시 몸을 내밀고
그리운 사람 닮은 살점 하나가
내 손끝을 타고 들어와
보랏빛 사랑으로
젖어 듭니다

달팽이

장애는 소에게 씌우는 멍에 같아
짊어지고 사는 것은 마소와
다를 것 없고

세상을 바라보는데
서글픈 눈길이
보는 이들의 마음은
똑같아서

하루씩 건너가는
바닥에 코를 박고 사는

나는야 아주 작은
달팽이

매미

여름은 울림이 있어
나를 흔들고
지나가는데
바람도 없어

사막의 태양도 이럴까
햇살이 낙타의 혀 같아

뜨거운 열기에 나무도
지쳤는지
그늘도 만들지 못하고

강아지 귀처럼 축 늘어진
나뭇잎 사이에
매미 한 마리

편의점 들어가기 전에
조율하더니

아이스크림을 먹는데

사랑의 세레나데를
시작하고 있었다

들장미

교회 담장에 무리를 지어 있는 사람들은
돌보지도 않으면서 수런거리는 곳을 향해
눈길을 주는데

거친 넝쿨에 검은 핏물처럼
돋아나는 장미가 점멸등처럼
깜박거리고 있는데

나는 가시관을 떠올리는데
주저하지 않는 것을 보니
축복이었으면 좋겠다

제4부

등나무꽃

등에 핀 꽃이
아니다

화사하게 숨결에
묻어나는
은은한 향이

이모의
향기가
내 코끝에
맴돈다

등대

칠흑 같은 어둠 속에 비바람이
몰아치고 성난 파도에
갈 길을 잃고 맴을 도는
막다른 길

어리석은 순례자들을 인도하는
불빛이 있으니

나는 그를
주님이라
부른다

라일락

연보랏빛 밤을 설레게 해
첫사랑을 떠올리기도 하고
잃어버린 첫 이야기를
되새기는 습기 많은
봄날이면

창가를 깊게 다녀갔었지

매화

봄볕 한쪽에서 매화가 웃습니다

팝콘처럼 듬성듬성 피어서
나의 몸에 핀
말씀의 꽃을 바라봅니다

크신 사랑에 어쩔 줄
모르는
붉은 매화의
자유

비둘기

꽃샘이라고 저만큼 멀어져 있네요
옹기종기 봄내음에 몰려나오고
노란 개나리 무리짓고
매화 한 송이 아득하게 피어서
설레고 있는데 구구구
다시 보네요

색동저고리

깊어져 가는 가을 하늘 아래
색동저고리 입은 애기 나무
저고리 찢어질까 두려워
살포시 몸짓하고
새빨간 치마 입은 단풍은
치맛자락 펄럭이며
바람을 지치는데
때때옷처럼 좋을까요

선생님

봄 햇살처럼 따사로운 미소
나를 반겨주는 인사성
삐뚤빼뚤 내 걸음
바로 잡아 주시는
손길

일주일 한 번
병원 가는 길이
무섭지 않았지

"선숙 씨"

부를 사람 없는
병원 길
문득
생각이나

축복 기도를

떠올리는
아침

선풍기

찌는 듯한 무더위
매미 소리

대청마루에 누에처럼
누워
잠이 들었지

자다 말고
끓는
가마솥 같다는
생각이
들어
잠이 깨어

멈춘
선풍기를 깨우고
다시 청하는
잠

매미 소리가
파도 소리
같아

안개

산 아래까지 희뿌연 안개꽃
무리를 지어 서 있네

세상일이 그렇지
누가 누구인지
알어

시린 눈물이 만져
지는데

서러운 이유도
온데간데 없네

유성

간혹
이런 생각이
들어

비가 오는 날이면 낭만이
살아 있는
거리

봉명동은 가족을 위해
굽은 등을 가진
아버지의
거리

스쳐 지나갈 수 없어
멈출 때마다

흔들리는
휠체어

거리

이모 차

매일 아침 염소
울음으로
우는 차

넉넉한 웃음을
머금고
반겨 줄 때면

나도
닮아간다는
생각이 들어

가끔
다른 세상을
만나는 걸
돕는 거
같아서
오늘이

좋다

수목장

봄 햇살 따사롭게 비추는 숲
옹달샘은 흐르고
고불고불 비탈진 계곡에
종이배 경주를 하듯이
빠르게 내려가는데

세상 길이 그렇듯 굽이굽이 오르락내리락
아웅다웅 다투기도 하며 가지
절망이라는 늪에 갇혀 헤매고
깊고 깊은 쾌락에 허우적거리고
욕망에 가로막혀
파손되어도 놓지를 못하고
미쳐 눈이 멀어
자신을 잃어버리지

봄 햇살에 따사롭게 비추는
숲속 그늘에 한 뼘도 안 되는
나무 발등이면 되는데

지우개

새하얀 도화지 같은 마음
한쪽에

당신과의 추억이
아른거리고

시간은 지우개처럼
기억을 지우고

남은 여백에
달이 뜨는데

여운이 길다

징검다리

졸졸 흐르는 시냇물 사이
징검다리 앉아 기다려요

담긴 발 공기 방울 쫓아
송사리 무리가
보이네요
.
불어오는 가을바람에
노랗게 물들어 가는
나뭇잎

찌르르 찌르르 사락사락

천일홍 틔운 꽃이 환해지는데
휘파람 소리 같은 새소리에
가을은 깊어져 가는데

춤

맑고 깨끗한 하늘
신비로운 두루마기 한복 입은
명인의 손끝에

바람이 일고 구름 머물고 피리
소리를 내는데

소리는 어깨깃을 깨우고
발은 구름 위를 걷고
허공에 숨소리가 가득해

보는 이들은 눈에 가득한
아름다움이라니

휠체어도 좋았는지
하루 종일 가볍다

| 해설 |

복선숙 시의 언어 기능 연구

― 로만 야콥슨 이론에 기반한 고찰

박재홍 | 시인 · 문학마당 주간

복선숙 시의 언어 기능 연구
— 로만 야콥슨 이론에 기반한 고찰

박재홍 | 시인 · 문학마당 주간

1

그동안 소수 문학 범주의 연구가 부족한 것이 사실이다. 이는 사회적 함의를 통한 논의 혹은 담론이 부족했던 것도 사실이다. 2025년 대한민국 장애인창작집 발간사업에 선정된 복선숙 시집 『문턱』은 이러한 소수 문학의 범주에 속하는 장애문학의 입장에서 그녀의 시 세계에 나타난 언어적 구조와 정동의 양상을 로만 야콥슨(Roman Jakobson)의 '언어의 여섯 가지 기능' 이론을 중심으로 분석하는 데 목적이 있다.

복선숙 시는 장애 · 경험 · 일상적 감각 · 종교적 세계관 · 공동체적 관계성에 기반한 독자적 시적 언어를 형성하고 있다. 특히 '정서적 기능'과 '시적 기능'이 핵심 축

을 이루며, 지시적 · 친교적 · 명령적 · 메타 언어적 기능
이 다양한 층위에서 교차한다. 여기서 야콥슨의 이론을
빌려 시인의 언어가 어떻게 자아 정체성, 타자와의 소통,
생애적 기억을 조직하는지를 알 수 있다.

　이러한 이론적 분석 틀을 통해서 그녀의 시에서 언어
가 감각적 현실을 지시함과 동시에 상징적 구조를 통해
존재의 깊이를 드러내는 다층적 장치를 갖추고 있는 것
을 나타낼 수 있다. 이는 장애 문학적 관점과 접속되며
시적 언어의 소수 문학이 사회적 인식을 개선하고 확장
하는 가능성을 제시할 수 있기 때문이다.

　중증 장애를 앓고 있는 그녀는 '장애'의 당사자이다.
그녀에게 있어 '시'가 일상의 구체적 체험과 장애를 기
반으로 한 감각의 변모와 공동체적 관계의 형성, 신앙적
사유 등 다양한 층위의 의미망을 지닌다. 그녀의 작품은
단순한 고백이나 서정의 영역을 넘어, 언어가 어떻게 세
계를 인식하고 타자와 접속하며 자아를 구축하는지를 보
여주는 독특한 시학적 구조를 형성한다.

　특히 사소한 사물(바나나우유, 오이, 빨간 소시지), 자연현
상(비, 안개, 등나무꽃), 존재 상징(달팽이, 문턱, 왼손)을 통해
자신의 감정과 정체성을 구성하는 방식은 현대 장애문학

이 지닌 존재 인식의 확장을 보여준다.

이러한 그녀의 작품세계를 이해하는데 언어의 구조적 · 기능적 측면을 분석하는 로만 야콥슨의 언어 기능 이론은 유효한 틀을 제공한다.

야콥슨은 모든 언어 행위가 여섯 가지 기능(지시적, 정서적, 명령적, 친교적, 메타 언어적, 시적 기능)의 관계성이 혼용되어 작동한다고 보았다. 복선숙의 시는 이 기능들이 섬세하게 직조되어 있으며 특히 정서적 기능과 시적 기능의 기저를 이루는 언어적 긴장과 의미 확장을 가능하게 하고 있다.

복선숙 시에서 드러나는 언어 기능의 구성 방식을 살펴보면 시인의 언어가 지시 · 정서 · 관계 · 성찰 · 미학이라는 층위에서의 의미 형성과 규명에 의미가 있다. 이를 통해 복선숙 시의 정체성과 미학적 가치, 더 나아가 장애 문학으로서의 위치를 재조명하는데 그 의의가 있다.

2

야콥슨(Roman Jakobson)은 '언어는 단지 정보를 전달하는 도구'라는 단순한 관점을 넘어, 언어가 다양한 기능을 동시에 수행하는 구조적 체계임을 강조했다. 그는 인간의 모든 발화가 여섯 가지 기능으로 분류될 수 있다고 보았다.

　대상이나 상황 사건을 설명하거나 묘사하는 기능을 말한다. 시에서는 배경·사물·기억을 사실적으로 전달하는 장치로 작용하는 것을 '지시적 기능'이라고 한다. 화자의 감정·태도·정동을 직접 표출하거나 감탄사나 감정 호소를 하는 것을 '정서적 기능'을 설명할 수 있다. 화자가 청자를 향해 말을 걸거나 요구, 명령, 호명을 하는 기능을 명령적 혹은 호소적 기능으로 보았다. 또, 소통의 통로를 열고 유지하는 기능이 있는데, 인사말, 반복적 부름, 의례적 표현 등이 포함되는 것을 '친교적 기능'이라고 한다. 언어 자체를 정의·검증·해석하는 기능을 '메타 언어적 기능'이라고 하는데 단어의 의미나 말하기 행위 자체를 설명할 때 나타난다. 언어의 형식·리듬·반복·비유를 통해 언어 자체를 과장하는 기능을 '시적 기능'이라고 한다. 즉, 시에서 핵심적 기능으로 작동한다.

　이처럼 야콥슨의 이론은 문학 텍스트를 분석할 때 언어가 단지 감정표현이나 묘사를 넘어서 복합적 기능을 수행함을 밝히는데 유효하기 때문이다. 복선숙 시의 특징적 구조 즉 감정의 직접성, 상징적 이미지, 사물의 재

기호화, 타자 호명 등은 이 이론을 적용하는데 적합한 분석 대상임을 알 수 있다.

3

복선숙 시집 『문턱』은 자아의 표출과 상처 발화의 측면에서 보면 정서적 기능에 가깝다. 그녀의 시「자화상」에서 "그럼 넌 뭐니 / 외계인?"이라는 직설적 반문은 타인의 시선이 부여한 '장애'라는 낙인에 대한 즉각적 정서적 저항을 드러낸다. 이는 감정이 언어의 표면층으로 곧바로 노출되는 정서적 기능의 전형이다. 그 외 다른 작품에서도 다양하게 동일한 양상이 표출된다. 시「달팽이」에서 화자는 자신의 장애 경험을 '작고 느린 이동'이라는 은유로 표현하며, "나는야 아주 작은 달팽이"라는 자기규정은 자조와 수용이 뒤섞인 복합적 정동을 드러낸다. 이러한 감정의 투명성은 시 전체에서 강한 내적 에너지로 작용하며, 독자가 화자의 정체성과 존재 조건에 직접 접근하도록 한다. 또한 시「바나나우유」에서 아버지의 상실과 기억의 회귀는 구체적 사물과 얽히며 감정적 파동을 형성한다. "그날이 오면 / 아버지가 없어"라는 문장은 상실의 공백을 평문처럼 노출하면서도 내면적 진동을 환기한다. 이는 정서적 기능이 시적 기능과 결합하여 감정의 미세한 떨림을 형상화한 사례이다.

복선숙 시의 시적 기능적 측면에서 비유, 반복, 상징화 된 기호 체계를 통해 두드러지게 시적 기능을 드러낸다. 시「문턱」에서 "문턱은 백두산 중턱"이라는 과장된 은유 는 현실적 고난을 상징적 이미지로 전환해 사회적 장벽 을 압축적으로 드러낸다. 이 문장은 지시적 사실(문턱)을 시적 상징으로 바꾸어 의미를 확장한다. 또 다른 시「봄 비는 눈물입니다」에서는 비–눈물–기도–부활이 연속적 기호로 이어지며 시적 기능의 핵심인 언어의 자기지시성 을 구성한다. 시적 기능이 강화되면서 단어 하나가 다른 감정적·종교적 기호로 이어지는 사슬의 장이 열리며 시 의 의미망이 다층적으로 형성된다. 그 외 다른 작품 또한 「달개비꽃」,「등나무꽃」 등 자연 이미지를 중심으로 한 시편에서 색채 이미지(보랏빛, 흰빛, 연보랏빛)는 감정과 결 합하여 색채상징을 구축한다. 언어는 단순 묘사가 아닌 감각–정서–의미가 중첩된 기호로 작동한다.

그녀의 시에는 사물·사건·감각의 현실적 묘사가 풍 부하다. 이는 장애인의 일상, 유년의 기억, 자연 속 풍경을 그대로 드러내는 지시적 기능의 작용이다. 현실의 질감과 생애적 내력이 그것이다. 시「바나나우유」는 구체적 사물 묘사를 통해 유년기의 감각을 환기하고, 그 외의 시「오이」나 「빨간 소시지」 등에서는 사물의 생생한 촉각·미각 묘사가 이루어진다. 이는 시적 형상화를 위한 토대를 제공하며, 정서적 기능과 결합해 의미의 확장을 이끈다.

복선숙 시는 관계적 미학을 품고 있다. 특히 시 「카톡음을 향한 마음」은 야콥슨 이론에서 친교적 기능의 대표적 사례로 해석된다. 카카오톡 알림음은 '소통이 열려 있는가?'라는 핵심 질문을 제기하며, 반복되는 리듬은 채널의 개폐를 은유한다.

그 외 시 「복지사」, 「목사님」 등 타자와 관계를 다룬 시편은 타자 이름을 반복적으로 호명하며 소통의 연결성을 강조한다. 이는 공동체적 연대의 언어학적 표현이며 장애문학에서 자주 나타나는 '관계 기반 정체성 구성'과도 통한다. 이는 소통이 관계의 미학적 측면의 친교 기능이 두드러진 내용임을 알 수 있다.

일반적으로 명령적·호소적 기능은 주로 2인칭 형태에서 나타난다. 그녀의 시 「꽃비」의 "너라면 어떻겠어"라는 독자에게 감정과 상황을 직접적으로 건네는 언어적 행위이며, 「메아리」에서도 부름이 회답을 요청하는 소통 구조를 만든다. 이 기능은 화자-청자 관계를 구축하며 시가 단순 독백을 넘어서 타자에게 열려 있는 발화임을 보여준다. 즉, 존재의 호명과 요청의 언어 즉 명령적 기능이라고 할 수 있다.

복선숙 시에서는 언어를 해석하는 언어, 즉 메타 언어적 기능이 중요한 역할을 한다. 이는 말하기와 언어의 성찰에서 비롯된 메타 언어적 기능을 말한다. 그녀의 시 「입」에서 "말 한마디"가 상처의 원인이 되는 작용을 성찰하며, 언어의 윤리와 폭력성을 드러낸다. 그 외에 시 「자화상」 역시 '장애인'이라는 단어 자체의 의미를 문제 삼으며 언어가 부여하는 정체성의 폭력성을 드러내는 메타 언어적 구조를 가진다. 이는 시인의 언어가 단지 감정 전달에 머무르지 않고 언어 자체에 대한 성찰까지 확장하고 있음을 보여준다.

4

복선숙 시의 상징·의미 형성 체계를 시적 기능 중심의 언어구조 도식으로 표현한다면 아래 도식과 같다. 복선숙 시에서 가장 핵심적인 기능인 시적 기능이 어떻게 다른 기능들과 결합해 의미구조를 형성하는지를 시각적으로 정리한 것이다.

〈그림1〉 복선숙 시의 언어 기능 구조

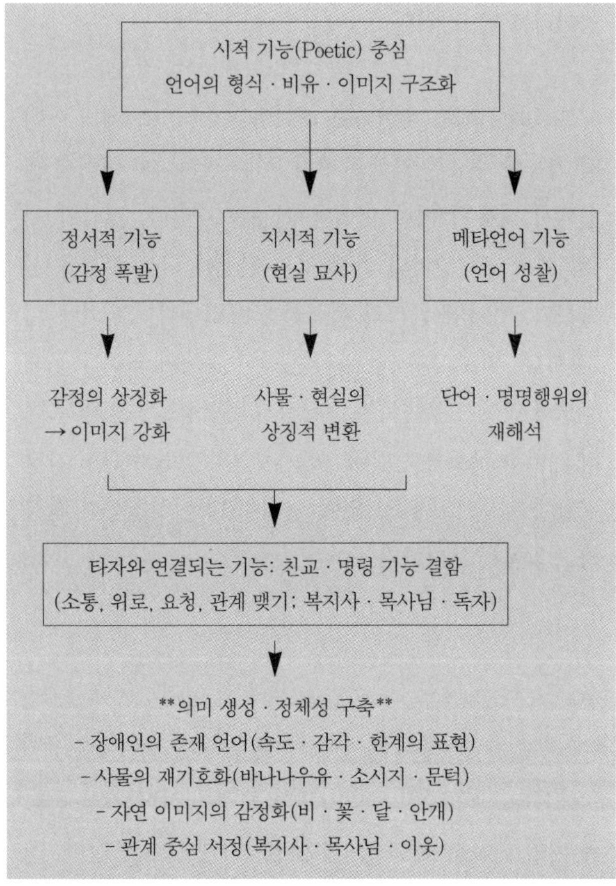

로만 야콥슨의 언어 기능 이론에 기초하여 복선숙 시의 언어적 구조를 분석해 보았다. 복선숙의 시는 정서적 · 시적 기능을 중심으로 지시적 · 친교적 · 명령적 · 메

타 언어적 기능이 상호 작용하는 복합적 언어체계를 지
니고 있다.

　그녀의 시에서 정서적 기능은 장애라는 실존적 조건,
상실, 기억, 소통 욕구를 중심으로 한 내적 에너지를 형
성하며, 시적 기능은 이러한 정서를 상징적 이미지와 언
어의 형식적 장치를 통해 예술적으로 조직한다. 지시적
기능은 삶의 구체성과 현실의 질감을 뒷받침하며, 친교
적·명령적 기능은 시적 주체가 타자와 세계에 연결되려
는 의지를 드러낸다. 더 나아가 메타 언어적 기능은 언어
의 의미, 명명 행위, 말하기의 윤리성에 대한 성찰을 가
능하게 한다.

　이와 같은 결과는 복선숙 시 장애문학으로서 가치는
미학적 의미를 확장한다. 그의 시는 장애 경험을 단순한
피해나 고통의 서사로 그리지 않고, 언어의 다기능적 구
조를 통해 감각·기억·관계·신앙을 통합하는 새로운
시적 정체성을 제시한다. 야콥슨의 언어 기능 이론으로
본 복선숙 시의 구조는 언어의 다층적 역할을 확인하게
하며, 현대 시가 지닐 수 있는 사회적·미학적 가능성을
뚜렷하게 보여준다. 좋은 시인 한 분을 발굴하게 된 것
같다.

2025 장애인 창작집 발간지원 사업 선정 작품집

문턱

1쇄 발행일 | 2025년 12월 15일

지은이 | 복선숙
펴낸이 | 정화숙
펴낸곳 | 개미

출판등록 | 제313 – 2001 – 61호 1992. 2. 18
주소 | (04175) 서울시 마포구 마포대로 12, B-103호(마포동, 한신빌딩)
전화 | (02)704 – 2546
팩스 | (02)714 – 2365
E-mail | lily12140@hanmail.net

ⓒ 복선숙, 2025
ISBN 979 – 11 – 24204 – 00 – 9 03810

값 10,000원

발행기관 | 장애인인식개선오늘 (042)826-6042
주최 | 장애인인식개선오늘(고유번호 305-80-25363. 대표 박재홍)
주관 | 대한민국 장애인 창작집필실
심사 | 발간지원 사업 심사위원회
후원 | 대전광역시, 대전문화재단, 갤러리예향좋은친구들, 문학마당, 한국장애인
　　　 문화네트워크, 드림장애인인권센터, (주)맥키스컴퍼니, (주)삼진정밀

문의 | (042)826-6042